小閱讀 大理解

初階篇 1
修訂版

故事創作 / 馬翠蘿
題目編寫 / 新雅編輯室

新雅文化事業有限公司
www.sunya.com.hk

小閱讀大理解　初階篇 1（修訂版）

故事創作：馬翠蘿
題目編寫：新雅編輯室
插　　圖：伍中仁、陳子沖、靜宜
責任編輯：陳友娣
美術設計：陳雅琳
出　　版：新雅文化事業有限公司
　　　　　香港英皇道 499 號北角工業大廈 18 樓
　　　　　電話：(852) 2138 7998
　　　　　傳真：(852) 2597 4003
　　　　　網址：http://www.sunya.com.hk
　　　　　電郵：marketing@sunya.com.hk
發　　行：香港聯合書刊物流有限公司
　　　　　香港荃灣德士古道 220-248 號荃灣工業中心 16 樓
　　　　　電話：(852) 2150 2100
　　　　　傳真：(852) 2407 3062
　　　　　電郵：info@suplogistics.com.hk
印　　刷：中華商務彩色印刷有限公司
　　　　　香港新界大埔汀麗路 36 號
版　　次：二〇二〇年一月初版
　　　　　二〇二一年三月第三次印刷

ISBN: 978-962-08-7416-1

給家長的話

讓孩子學懂**理解文意**，
真正**愛上閱讀**！

　　現在有不少就讀幼稚園的小朋友已經具有一定的閱讀能力，能夠獨自或在家長的輔助下閱讀故事。不過，他們的閱讀可能流於表面，未必能充分理解故事的內容和含義。到他們由幼稚園升上小學之後，需要做到閱讀故事並能理解文意，這對某些孩子而言十分困難。

　　《小閱讀大理解》系列「初階篇」特別為幼稚園至剛升上小學的孩子而編寫，期望通過簡短有趣、富教育意義的小故事，輔以思考題，配合趣味遊戲及程度適中的閱讀理解練習，一步一步地引導孩子掌握及理解故事內容，同時強化他們的閱讀能力，為孩子築起從閱讀到理解的學習橋樑。

目錄

圖：伍中仁

愛漂亮的小兔

從前有一隻愛漂亮的小兔。

愛漂亮的小兔生日到了，魔法師叔叔送給他一塊願望石。叔叔告訴小兔，願望石能幫助他實現所有願望。

一天，小兔看見孔雀開屏，他十分羨慕孔雀那漂亮的尾巴，就對願望石說：「我希望自己有孔雀的尾巴。」願望石可真靈啊，小兔小白球似的尾巴馬上變成了又大又漂亮的孔雀尾巴。

又一天，小兔見到長頸鹿哥哥，他很羨慕長頸鹿哥哥美麗的角，就對願望石說：「我希望頭上長出鹿角。」願望石可真靈啊，小兔頭上馬上長出兩隻美麗的鹿角。

小白兔去找好朋友小豬和小羊，向他們誇耀自己漂亮的尾巴和角。可是，小豬和小羊一看見小白兔的怪模樣，嚇得趕快跑了。

思考點

小豬和小羊喜歡小兔的新模樣嗎？你怎麼知道？

小兔很不高興，坐在樹下生悶氣。這時候，走來一隻大老虎，大老虎見到一隻不認識的小怪物，張開嘴巴就想咬。小兔嚇得趕緊逃跑。可是，身後拖着又大又重的尾巴，頭上長了高高的鹿角，小兔怎麼也跑不快。

眼看大老虎要追上來了，小兔急得立即對願望石說：「我希望變回原來的樣子！」哈，小兔馬上變回原來的模樣。他飛快地跑，很快就把大老虎甩掉了。小兔在河邊照了照，滿意地想，還是原來的樣子最漂亮。

思考點

你覺得小兔子哪個樣子較漂亮？為什麼？

對話寫一寫

小朋友，假如你是故事中的小兔，你會怎樣做呢？試發揮創意，創作一個屬於你的故事，在 ⬭ 內寫下你的對話。

1.

2.

3.

4.

 練習時間

小朋友，請根據故事內容回答下面的問題。

1. 根據**第6頁第2段**，小兔收到什麼生日禮物？

小兔收到＿＿＿＿＿＿＿＿＿＿＿＿做生日禮物。

2. 下面哪一項**不符合**對小兔的描述？

○ A. 小兔希望能變回原來的樣子。

○ B. 小兔希望能有孔雀的漂亮尾巴。

○ C. 小兔希望能有小羊頭上可愛的角。

○ D. 小兔希望能有長頸鹿頭上美麗的角。

3. 根據**第8頁**，小兔坐在樹下生悶氣，原因是

○ A. 大老虎說他像小怪物。

○ B. 他覺得自己還不夠漂亮。

○ C. 願望石不能幫他實現願望。

○ D. 好朋友看到他的樣子後都跑掉了。

4. 小兔對自己原來的樣子有什麼看法？

○ A. 他認為原來的樣子很奇怪。

○ B. 他認為原來的樣子最漂亮。

○ C. 他認為原本小白球似的尾巴很重。

○ D. 他認為朋友們不喜歡他原來的樣子。

圖：伍中仁

快樂的小樹葉

從前有一片小樹葉。

春天的時候，小樹葉嫩綠嫩綠的，像一塊掛在樹上的小翡翠，他和花兒一起把大地媽媽打扮得漂漂亮亮的。大地媽媽讚歎道：「小樹葉，感謝你令我這樣美麗！」聽到大地媽媽的話，小樹葉感到很快樂。

？思考點？

為什麼說樹上的小樹葉像小翡翠？它們有什麼相似之處？

夏天的時候，小樹葉碧綠碧綠的，像一把掛在樹上的小扇子，在微風中搖搖擺擺，給路過的人送上陣陣涼風。路人讚歎道：「小樹葉，感謝你令我這樣涼快！」聽了路人的話，小樹葉感到很快樂。

秋天的時候，小樹葉變得黃黃的，
風一吹，小樹葉落到小河裏，他晃呀晃
的，跟着小河姐姐旅行去了。小河姐姐
讚歎道：「小樹葉，感謝你令我沉悶的
生活增添樂趣。」聽了小河姐姐的話，
小樹葉感到很快樂。

冬天的時候，小樹葉被一個小女孩撿了起來，
夾到了一本童話書裏。從此，小樹葉每天被好聽的
故事包圍着，小樹葉感到更快樂了。

思考點

為什麼小女孩把小樹葉
夾到書裏？

遊戲時間

故事排一排

小朋友，請根據故事內容，把代表下面圖畫的英文字母，按情節發生的順序填在 ☐ 內。

A. 冬天時，小樹葉被小女孩夾到童話書裏。

B. 秋天時，小樹葉落在小河裏，跟小河姐姐一起旅行。

C. 春天時，小樹葉和花兒一起把大地媽媽打扮得漂漂亮亮。

D. 夏天時，小樹葉掛在樹上，給路人送上涼風。

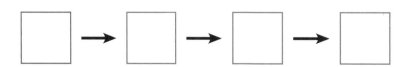

練習時間

小朋友，請根據故事內容回答下面的問題。

1. 小樹葉在不同季節有什麼用處？用線把答案連起來。

   (1) 春天時 •   • 能給路人送上涼風

   (2) 夏天時 •   • 能把大地打扮得漂漂亮亮

   (3) 秋天時 •   • 能給小女孩當作書籤使用

   (4) 冬天時 •   • 能給小河姐姐的生活增添樂趣

2. 得到大家的讚美後，小樹葉有什麼感受？

   ○ A. 開心。   ○ B. 驕傲。

   ○ C. 難過。   ○ D. 害羞。

3. 根據**第12至14頁**，在橫線上填寫小樹葉的顏色變化。

	顏色變化
春天的時候	嫩綠嫩綠的
夏天的時候	(1) 碧綠_____的
秋天的時候	(2) 變成_____的

圖：伍中仁

生日大餐

　　小熊和小狗去參加小兔子的生日會，小熊準備了一罐蜂蜜做禮物，小狗也準備了一根骨頭做禮物。「小熊哥哥、小狗弟弟，歡迎你們。」小熊和小狗圍着圓桌坐下，唱起生日歌來。小兔子很高興，瞇起雙眼許了個願，然後一口氣吹熄蛋糕上的蠟燭。

小熊把蜂蜜送給小兔子，他說：「小兔弟弟，這是我送給你的生日禮物，祝你生日快樂！」

小狗也把骨頭送給小兔子，他說：「小兔哥哥，這是我送給你的生日禮物，祝你生日快樂！」小兔子有點尷尬，因為小兔子不吃蜂蜜，也不吃骨頭，但他還是很有禮貌地說聲謝謝。

？思考點？

小朋友，你會送什麼禮物給小兔子？為什麼？

小兔子端上了一大盤紅蘿蔔，他對小熊和小狗說：「我已經準備了生日大餐請你們享用，請你們別客氣！」小熊搖搖腦袋，因為熊是不吃紅蘿蔔的；小狗也搖搖腦袋，因為狗也是不吃紅蘿蔔的。小兔子這才明白，「對不起！我忘記了你們是不吃紅蘿蔔的。」

他想了想，終於想出了一個
妙計：就是把小熊和小狗送給他
的禮物——蜂蜜、骨頭也擺上了
餐桌。大家開開心心地吃起了生
日大餐。小熊吃蜂蜜，小狗吃骨
頭，小兔子吃紅蘿蔔。

？思考點？

你覺得小兔子這樣做好
不好呢？為什麼？

21

結局畫一畫

小朋友，試發揮你的創意，在空格裏為下面的故事畫出結局。

1. 小熊和小狗準備了禮物來參加小兔子的生日會。

2. 小熊和小狗把蜂蜜和骨頭送給小兔子，可是小兔子不愛吃。

3. 小兔子準備了紅蘿蔔給大家吃，可是小熊和小狗也不愛吃。

小朋友，請根據故事內容回答下面的問題。

1. 根據**第19頁第2段**，為什麼小兔子會感到尷尬？

   因為他

   ○ A. 不吃蜂蜜和骨頭。

   ○ B. 不喜歡吃紅蘿蔔。

   ○ C. 沒有準備禮物給小熊和小狗。

   ○ D. 以為小熊和小狗沒有準備禮物給他。

2. 根據**第21頁**，小兔子最後想到了什麼妙計？

   ○ A. 大家一起吃蛋糕。

   ○ B. 大家一起吃蜂蜜、骨頭和紅蘿蔔。

   ○ C. 請小熊和小狗一起準備生日大餐。

   ○ D. 請小熊和小狗明天再來參加生日會。

3. 在小兔子的生日會中，桌子上放了哪些食物？正確的，
   在 ☐ 內加✔；不正確的，加✘。

   例 蛋糕 ✔   (1) 橙汁 ☐   (2) 紅蘿蔔 ☐

   (3) 蜂蜜 ☐   (4) 骨頭 ☐   (5) 水果沙拉 ☐

圖：陳子沖

誰拿走了小白兔的畫

　　傍晚，下了一場大雪，地上白茫茫的。小
白兔在雪地上玩，他找來了一根小竹竿，在雪地
上畫起畫來。小白兔畫得真好！畫的小鳥好像會
飛；畫的小馬好像會跑；畫的小貓好像會跳。

小白兔畫呀畫呀，畫了很多小動物，
雪地像是動物嘉年華會一樣熱鬧！

小白兔跑回家，看見姐姐小花兔
正在做功課。小白兔拉着小花兔說：
「姐姐、姐姐，快去看看我畫的小
動物呀！」

小花兔說：「我要做功課
呢，明天早上再去看吧！」

小白兔說：「好吧！」

第二天，太陽曬屁股了小白兔才起牀，他馬上拉了小花兔去雪地上看畫。

咦，雪地上光光的，像一張沒用過的巨大的白紙，畫上哪兒去了？

小白兔說：「是誰跟我開玩笑，把我的畫拿走了！」

小花兔抬頭看了看天空，太陽公公笑嘻嘻地看着他們呢！小花兔叫起來：「跟你開玩笑的人在天上呢！」

思考點

猜一猜，在天上跟小白兔開玩笑的是誰？

　　小白兔抬頭一看，馬上就明白了：「哦，原來是太陽公公跟我開玩笑，他發出的熱把我的畫融化了！」小花兔說：「我們回家去，你在紙上再畫給我看吧！」

　　小白兔說：「好，回家畫畫囉！」

思考點

在雪地上畫畫，跟在紙上畫畫，有什麼不同？

27

故事排一排

小朋友，請根據故事內容，把代表下面圖畫的英文字母，按情節發生的順序填在 ☐ 內。

A. 第二天，小白兔發現雪地上的畫不見了。

B. 小白兔請小花兔去看他畫的畫，小花兔答應明天去。

C. 小白兔在雪地上畫畫。

D. 小白兔決定回家再畫給小花兔看。

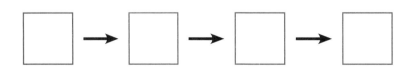

☐ → ☐ → ☐ → ☐

小朋友，請根據故事內容回答下面的問題。

1. 根據**第24頁**，下面哪一項**不是**小白兔畫的動物？

  ○ A. 小鳥。

  ○ B. 小馬。

  ○ C. 小貓。

  ○ D. 小兔。

2. 為什麼小花兔要明天才去看小白兔的畫？

  ○ A. 因為她要睡覺。

  ○ B. 因為她要做功課。

  ○ C. 因為她要準備晚餐。

  ○ D. 因為她要教小白兔畫畫。

3. 根據**第27頁第1段**，是誰拿走了小白兔的畫？

  是＿＿＿＿＿＿＿＿＿＿拿走了小白兔的畫。

4. 小花兔建議小白兔把畫畫在哪裏？

  ○ A. 紙上。

  ○ B. 牆上。

  ○ C. 白板上。

  ○ D. 雪地上。

圖：靜宜

搶桃子的乖猴子

　　從前有一個猴媽媽，還有三隻小猴子。
猴媽媽很愛她的孩子，每天下班回家時，
都會買上他們最愛吃的水果。三隻小猴子
很乖很聽話，從來不會搶水果吃，而是讓
媽媽分給他們。猴媽媽總是把最大最好的
分給小猴子，最小的就留給自己。

　　小猴子們也很愛媽媽，他們都希望媽媽吃上最大最好的水果。於是，他們想啊想啊，想出了一個好辦法。

　　一天，猴媽媽下班時買了桃子回來，還沒放下籃子，小猴子們就跑過去一人搶了一個。

？思考點？

猜一猜，為什麼小猴子們會搶桃子？

31

猴媽媽很奇怪：「你們今天怎麼啦？媽媽不是跟你們說過，要學會禮讓，做個有禮貌的孩子嗎？」小猴子們都嘻嘻地笑了起來，最小的猴弟弟指着籃子裏的桃子，說：「媽媽，請吃大桃子！」

猴媽媽一看，馬上明白過來了。原來，小猴子們剛才是搶着拿了小的桃子，而把一個最大最紅的留在籃子裏。

猴媽媽開心極了，桃子還沒吃，心裏早已甜蜜蜜的！

？思考點？

你覺得小猴子們的辦法好嗎？為什麼？

對話寫一寫

　　小朋友，假如你是故事中的小猴子，你會怎樣做呢？試發揮創意，創作一個屬於你的故事，在 ⟨◯⟩ 內寫下你的對話。

1.

2.

3.

4.

小朋友，請根據故事內容回答下面的問題。

1. 猴媽媽總是把最大的水果分給小猴子們，因為

　　○ A. 猴媽媽不喜歡吃水果。

　　○ B. 小猴子們搶着要吃最大最好的水果。

　　○ C. 猴媽媽想把最好的水果留給小猴子們。

　　○ D. 猴媽媽覺得最大的水果才足夠分給小猴子們。

2. 根據**第32頁**，猴媽媽看到小猴子們搶桃子時感覺怎樣？

　　猴媽媽看到小猴子們搶桃子時，她感到很＿＿＿＿＿＿＿＿。

3. 為什麼小猴子們要搶桃子？

　　○ A 因為小猴子們肚子很餓。

　　○ B. 因為小猴子們很想吃桃子。

　　○ C. 因為小猴子們不懂禮讓，沒有禮貌。

　　○ D. 因為小猴子們想媽媽吃最大最紅的桃子。

4. 下面哪一項**不適合**形容故事中的小猴子們？

　　○ A. 守時。

　　○ B. 很乖。

　　○ C. 很聽話。

　　○ D. 有禮貌。

圖：陳子沖

長了腳的小籃子

鴨媽媽病了，想吃新鮮的魚，鴨妹妹便自告奮勇地去給媽媽買。

鴨妹妹拿着小籃子，到菜市場買了很多又大又新鮮的魚。小籃子很重呀，鴨妹妹走呀走呀，快走不動了。她把小籃子放在地上，坐在石頭上呼呼地喘氣。

思考點

為什麼鴨妹妹要買這麼多魚？

37

鴨妹妹自言自語地說：「要是小籃子長了腳，自己會走回家，那多好啊！」

鴨妹妹話音剛落，只見小籃子動了一下，啊，小籃子真的走起來了！鴨妹妹又驚又喜，她馬上站起來，跟在小籃子後面。好奇怪啊，小籃子不但會走，還認得回家的路呢！鴨妹妹高興得一路唱着歌，跟着小籃子走到了自己家門口。

思考點

猜一猜，小籃子為什麼會自己走路？

　　這時候，小籃子底下鑽出來一隻小烏龜，咦，他不是住在隔壁的烏龜哥哥嗎？鴨妹妹正在奇怪，烏龜哥哥笑着說：「你剛才放下籃子時，正好把籃子擱到我身上了，我就乾脆替你把籃子背了回來。」

　　鴨妹妹恍然大悟，連忙感謝烏龜哥哥的熱心幫忙。

結局畫一畫

小朋友，試發揮你的創意，在空格裏為下面的故事畫出結局。

1. 鴨妹妹到菜市場買魚。

2. 盛滿魚的籃子很重，鴨妹妹坐在石頭上休息。

3. 小籃子竟然會自己走路回家，鴨妹妹很高興。

小朋友，請根據故事內容回答下面的問題。

1. 根據**第36頁**，為什麼鴨妹妹要去菜市場買魚？

   因為＿＿＿＿＿＿＿＿＿生病了，想吃新鮮的魚，所以鴨妹妹
   要去買魚。

2. 為什麼鴨妹妹會那麼累？

   ○ A. 因為裝滿魚的小籃子很重。
   ○ B. 因為裝了石頭的小籃子很重。
   ○ C. 因為鴨妹妹走了很久才到菜市場。
   ○ D. 因為鴨妹妹在菜市場找了很久才買到魚。

3. 根據**第39頁**，誰把小籃子送到鴨妹妹家門口？

   ○ A. 鴨媽媽。
   ○ B. 鴨妹妹。
   ○ C. 烏龜哥哥。
   ○ D. 賣魚的鴨叔叔。

4. 下面哪一項最適合形容烏龜哥哥？

   ○ A. 勇敢果斷。　　　　○ B. 熱心助人。
   ○ C. 做事認真。　　　　○ D. 聽話孝順。

圖：陳子沖

蹺蹺板真好玩

　　小花狗跑到遊樂場，他想玩蹺蹺板。可是，一個人怎麼玩呀？一隻小鳥飛來了，站在樹上喳喳地叫。

　　小花狗高興地對小鳥說：「小鳥，下來跟我玩蹺蹺板好嗎？」

　　小鳥說：「好呀，我喜歡玩蹺蹺板！」

小花狗坐在蹺蹺板的這一頭，小鳥坐在蹺蹺板的那一頭，可是，小花狗太重，小鳥太輕，蹺蹺板一動不動。小鳥說：「不好玩的，我走了！」小鳥說完，就飛走了。

? 思考點 ?

為什麼小鳥覺得蹺蹺板不好玩？

　　這時候，一隻小老鼠走過來，站在一邊吱吱吱地叫。小花狗高興地對小老鼠說：「小老鼠，上來跟我玩蹺蹺板好嗎？」小老鼠說：「好呀，我喜歡玩蹺蹺板！」

　　小花狗坐在蹺蹺板的這一頭，小老鼠坐在蹺蹺板的那一頭，可是，小花狗太重，小老鼠太輕，蹺蹺板依舊一動不動。小老鼠說：「不好玩的，我走了！」小老鼠說完，就跑掉了。小花狗好失望啊！

　　這時候，一隻小花貓走過來，站在一邊喵喵喵地叫。小花狗高興地對小花貓說：「小花貓，來跟我玩蹺蹺板好嗎？」小花貓說：「好呀，我喜歡玩蹺蹺板！」

　　小花狗坐在蹺蹺板的這一頭，小花貓坐在蹺蹺板的那一頭，小花狗跟小花貓一樣重，蹺蹺板一蹺一蹺地動起來了。一會兒是小花狗「呼」的一聲升上了半空，一會兒是小花貓「呼」的一聲升上了半空，有趣極了！

　　小花狗和小花貓高興得哇哇大叫：「蹺蹺板真好玩！蹺蹺板真好玩！」

為什麼小花狗和小花貓
能令蹺蹺板動起來？

結局畫一畫

小朋友,試發揮你的創意,在空格裏為下面的故事畫出結局。

1. 小花狗來到遊樂場,他想找
朋友跟他玩蹺蹺板。

2. 小鳥跟小花狗玩蹺蹺板,可是
蹺蹺板一動不動。

3. 小老鼠跟小花狗玩蹺蹺板,
可是蹺蹺板也是一動不動。

 練習時間

小朋友，請根據故事內容回答下面的問題。

1. 根據**第43至45頁**，在橫線上填寫遊樂場的情況。

玩蹺蹺板的動物	蹺蹺板的變化	原因
小花狗和小鳥	一動不動	(1) 小花狗太_____，小鳥太_____。
小花狗和小老鼠	仍然一動不動	(2) 小花狗太_____，小老鼠太_____。
小花狗和小花貓	(3) 一蹺一蹺地_____	小花狗跟小花貓一樣重。

2. 根據**第44頁**，小花狗感到失望，原因是

　　○ A. 遊樂場的蹺蹺板壞了。

　　○ B. 沒有人陪他玩蹺蹺板。

　　○ C. 小花狗不想玩蹺蹺板。

　　○ D. 小花狗不喜歡玩蹺蹺板。

3. 根據**第45頁**，在下面的括號內，圈出適當的答案。

　　小花狗和小花貓認為蹺蹺板（真好玩 / 不好玩）。

參考答案

P.10
自由作答。

P.11
1. 願望石
2. C
3. D
4. B

P.16
C → D → B → A

P.17
1. (1) 春天時 ——— 能給路人送上涼風
   (2) 夏天時 ——— 能把大地打扮得漂漂亮亮
   (3) 秋天時 ——— 能給小女孩當作書簽使用
   (4) 冬天時 ——— 能給小河姐姐的生活增添樂趣
2. A
3. (1) 碧綠
   (2) 黃黃

P.22
自由作答。

P.23
1. A
2. B
3. (1) ✗ (2) ✓ (3) ✓ (4) ✓ (5) ✗

P.28
C → B → A → D

P.29
1. D
2. B
3. 太陽公公
4. A

P.34
自由作答。

P.35
1. C
2. 奇怪
3. D
4. A

P.40
自由作答。

P.41
1. 鴨媽媽
2. A
3. C
4. B

P.46
自由作答。

P.47
1. (1) 重；輕
   (2) 重；輕
   (3) 動起來
2. B
3. 真好玩